亦安／著

走过四月

亦安诗词选集

山东人民出版社

国家一级出版社　全国百佳图书出版单位

亦安 原名史汝波，山东莱西人，山东财经大学外国语学院教授，硕士生导师，文学博士。主要学术方向为英美文学。主讲课程：英国文学、美国文学、英语学术论文写作等。

联系方式 / 邮箱：yian2016@qq.com

生活无处不诗歌

（代序）

原来生活中到处充满了诗，要么换句话说：在诗人眼里，诗无处不在。读过《走过四月》诗集，或许你会产生一种如此强烈的感觉。这是一本温馨的诗集，因为它让我们感受到生活的美好、自然的妩媚、情感的珍贵、感觉的丰富、期许的热诚，还有时代节奏、社会纷杂、都市熙攘、校园儒雅等；至于心灵秘笈、达观智慧、人文情怀……更不时闪现，照亮读者的内心世界。总之，它构成一角精神的家园，仿佛春雨纤柔，润物无声。

诗意的栖居经常是一种理想状态，不过该诗集却真实地展现了诗性生活。节气时令、花开叶落，职场操劳、闲步休憩、柴米油盐、庶冗生计，于诗人笔下皆化为节奏韵律，美哉妙乎，如此这般！譬如，就常人而言，不经意间或许已于济南生活几十甚至上百春秋，何尝有谁把它歌赞？寻常不见几多美，皆因其中太稔然。但诗人却不，她发现并尽情感受这个城市的美（《六月八日的白云蓝天》《今夏的济南》），为它清洁的空气、雨意还有清风而陶醉（是否因为久违了这样的天气？）。集子中收录多首咏金鸡岭的诗，读之倍感亲切！金鸡岭是泉城南郊的一道山岭，郁郁青青与千佛山相互连。诗人供职的山东财大坐落麓角怀抱，是她与济南山水最近的接触点，亦乃其散步之首选地——

> 金鸡流连千度，
> 春风秋雨共舞。
> 最喜斜阳时，
> 曲径玩转金柱。
> 来去，来去，
> 花香不厌鸟语。（《卜算子·金鸡岭》）

　　难怪诗人对之钟爱有加："这里有我热爱熟悉的一切……流连在最迷恋的山径，我寻找着春天的芳踪。"（《七月的金鸡岭（二）》）山与人之间是一种割不断的联系："西施并无迹，只缘有情眼。"（《元旦假期最后一天登金鸡岭》）
　　描写节令时序的诗最让人感到光阴的流转和大自然的变化，所以历来为诗人所重。本诗集近30首属此范畴，流动清新，蕴藉温存，饱含对万物的深情、生命的礼赞和天运的哲思，而精准的表达则令人惊叹观察与感受细致入微。如写春："东风如约至，杨柳依依。"（《醉花阴·咏春》）堪比情人约会，准时不爽。"春的生命，/在每一片渐次打开的/翠绿里，/舞动婉转。"（《冬春之恋》）勃勃生机，从容迭现。"这是怎样的一份景致啊，/语言留下的只是苍白和无力/我的诗行，/也乱了她的优雅与节律。"（《春之歌》）兹感叹衬出春之卓越无以复加。而在《七言·春雨花落》中，引清照词和黛玉典发抒惜春之情："落英最惹多情思。"妙不可言也！再如写秋："蝉声噤，蛐歌时，临窗草丛听婉啼。"

（《鹧鸪天·秋意》）以秋虫鸣唧写时序渐变，自然灵动。"谁言西风萧瑟意，叶落飘零斜雨泣？"（《菩萨蛮·秋韵》）秋季的寥落凋残特征已渐逼近。"白露寒露千古缘，/怎奈冶艳秋分，/相思难。""朝夕两情终相齐，/那堪转身又是，/各东西。"（《虞美人·秋分》）包孕秋的象征意义，已现悲秋端倪。而一首《青玉案·仲秋》则将文化含义囊于其中，那里有说不尽的华族情感，从屈子到东坡，从太白到漱玉，一脉相承、而无穷尽——

> ……
> 古来多情常离索，
> 千里缱绻梦乡裹。
> 何求朝暮两相悦？
> 星汉迢迢，
> 金玉难却，
> 天地恨寥廓。

　　怀乡、忆旧、思亲、念友，为诗的永恒主题，因为一般说来，以情作灵魂的韵文体裁确乎适宜于表现凝结着感情色彩的追记类精神活动；常谓好诗而引人动情者便大致出在该范围。《走过四月》也如此，那些牵动我们神经的篇什皆与之有关。当然，深深浸透着怀思的诗品不一定非冠以"记""忆""念"之类名称不可。例如《丁香》里的一句"搂抱着盛开的思念，/把花香留在/梦的枕上"，思与梦裰在一起，不能更恰到好处了！《忆昔》《忆春》《秋思》《忆七夕》《我的牵念》《童年》《别离》《乡愁》《一样的，不一样的》诸诗，应属于这类作品。内里饱蕴无限柔情，伴着些许伤感，指向故乡、儿时、双亲、青春岁月；那里不无游子的叹息、岁月的沧桑，那里壮怀激烈或为萦回梦绕取而代之。多少人所熟悉的情感，但只有诗人能将之美丽挥洒："归乡，归乡，燕叫声声断肠。"（《如梦令·忆春》）"鼓鼓的行囊，/是卸不下的乡愁。"一首《别离》，写尽现代离乡远行人依依不舍又无可奈何的惆怅。关于儿时，则也不只是妈妈那牛郎织女温馨而悲情的故事，更有时代的巨大落差之于童稚情感教育的思考："从前，/童年是春天的蝴蝶，夏天的知了……/而今，/童年是苹果、网游、扣扣，是披萨、可口可乐……""从前，/童年是童年，/而今，童年是淹没在富足里的眼花缭乱……"（《童年》）以对比手法作历史思考的，再如《一样的，不一样的》之六节排比，概括现代都市与传统乡间两种文明的激烈碰撞，发人深省："一样的白昼，/不一样的蓝天。/那里，/是故乡的白云绰约又蜿蜒；/这里，/是城市的高楼大厦摩擦着灰蒙蒙的天……"显然，诗作丰富的思想情感已非单纯的恋怀乡旧所能概括了。话说到这里，提及《致奋斗中的母亲和千千万万留守的孩子们》似很自然，这首诗触及高度发达的现代社会之痒，是文明进步的暗伤吗？人文关怀藏大爱，悲天悯人慈母情！

　　爱，无论何所指向，总感觉最温暖最震撼；爱，给古往今来多少为诗者以心颤以灵感。就广义言，可从诗集的每一篇感受之；就狭义论，有几首或可谓爱的经典。如果说《给婉婉》流淌的母爱是满足与欣赏，《我的梧桐树》以物明志，枝枝叶叶总关情，而《我爱你》里那无时不在的爱可自由承载宽泛又具体，那么《多想》，其谦卑温柔就只能施与爱人——终生相托的知音知己了。短短四节十六行写尽万种风情、无限真挚："多想 / 躺在你的怀里 / 触摸着夜风温柔的手指 / 把那爱的蜜意一点一点吮吸"。谁在讲说爱的故事？诗人敞开了心扉……

　　而本诗集写校园生活者，格调清新，仿佛素描写生，学子、知识、写作、畅想，如谑如趣、如甘如饴，那局外人难得体会的情致，风雅绝尘；就此捕捉诗人的行踪与心影，不失意义。这里有对诗歌的钟情（《无声告白》《我要写诗》《我的缪斯》），有对师道的颖悟（《如梦令·教师节》《水调歌头·师道》），有对校事的感叙（《醉花阴·开学》《致毕业季》*Hello to My New Class*），不一而足。"最是每年九月头，校园欢语稠。"（《开学》）；"又是一个 / 梦想放飞的地方，/ 告别母校与师长，再次 / 启航。"（《致毕业季》）这记录人生少数最重要时刻的诗行，之于槛内人，字如珠玑。从《你好，假期》一诗，读者还可发现现代知识女性平淡中的自信和从容："扎上围裙，/ 我把 Emily Dickinson 摊在沙发，/ 磕一个鸡蛋，/ 锅底便慢慢散开了一行诗句。"兹为诗意的栖居吗？至少是一种方式吧。

　　诗虽然写的身边之事，包括诗人思想的火花、感触的闪念，但好的作品必然有所升华。如果一种现象凝练为某个哲理——譬如"抽刀断水水更流，举杯消愁愁更愁"，再若"会当凌绝顶，一览众山小"——那么便成千古绝句了。可见为诗高下，最终取决于思想。由是观之，本诗集若干篇目达到了如此境界，如《一个人的路》《我一直想寻找》《远方》《经常》《一种神奇》《不回头》诸篇，是关乎人生、人性、时空、价值、理想、本能、执著之类的思索与追问，是处天地之间向往自由却无时不被矛盾束缚的智者或敏者求解宇宙精神与生命终极意义的哲思冲动，无论有意识还是无意识。这些思想元碰撞的火花，这些形而上感悟的脉冲，也许是集子里最深刻的杰作。"我一直想知晓，/在爱与恨之间，/一种欲说还休、欲剪还乱的恩怨……""我一直想了解，/在生与死之间，/一种息息相依的纠缠……"（《我一直想寻找》）是智的探索，还是灵的期盼？"时光总是匆匆，/不回头……""厮守最难终生，/不强求……""爱情地久天长，/不追究……"是哲学的达观吗？可能吧。似乎，还悟出了相对中的绝对——

> 经常，
>
> 我们在追求的路上越走越远，
>
> 最后，
>
> 迷失在缥缈的目标里边。（《经常》）

或许，西西弗斯的惩罚真的就是人类的宿命……

亦安诗的形式是极其讲究的，尽管变化多端，但听觉美和视觉美珠联璧合乃最显著的特点。诗人深受古典诗词的熏陶浸润，追求语言的节奏感与声韵美，所以读之抑扬顿挫、铿锵宛转；又极重视诗行排列，每节多则六七行，少则二三行，排列多取宝塔式，修短间搭有致，形成闻一多所谓建筑美。诗人显然对词曲情有独钟，集子里若干按词牌而填写者，清新中透着古朴；不难发现，即使自由的现代诗体，似乎也古韵盎然。古典的韵文宝藏我们受用不尽，亦安得其妙，至聪也！常见一些放任怪诞的自由体，拖沓啰嗦、不知所云，岂不知佳妙皆于简约中，亦安诗正为佐证。

诗集还收录十几首英文诗，*I Told Myself*（《我告诉自己》），*I Wandered Aimlessly in the Moonlight*（《月夜漫游》），*It Rains*（《雨》），*Song of April*（《四月之歌》），*You Asked Me from Time to Time*（《你不时问我》）等，它们可爱极了，构思精巧、意象优美，尤其读之音韵和谐，并不在母语诗之下。想来绝非偶然：我认识诗人于十多年前，是作为答辩委员在山东大学比较文学与世界文学博士论文答辩会上，她关于夏绿蒂·勃朗特的论文和出色的答辩（包括流利的英语）均给我留下深刻的印象；之后她任教山东财大外语学院，当然有很棒的英文水平。尽管如此，写出这样合辙押韵的英文诗，总令人惊奇。

江山代有才人出，中华文化源远流长，当代诗坛人才辈出。《走过四月》收录的不过是诗人一年里的作品，质高量丰，可喜可贺！我不是诗评家，但作为爱好者，甚喜欢这部诗集，因为它是心泉的流溢，怡情益智。祝愿诗人锲而不舍，厚积薄发，不断推出新作佳作。

山东师大文学院　王化学
于阳光舜城寓所
2016.1.12

目　录

辑三　英语诉说 / 155

辑 一

古韵情怀

五言·咏"鸠占鹊巢"的落地生根花开，庆 2015 元旦

去岁离母体，
偶落邻里土。
蒙主怜不弃，
得根渐深入。

历秋又经冬，
寂静独自喜。
春来夏日去，
叶沃身愈直。

再遇秋雨时，
今冬必吾属。
孜孜暗作劲，
骄骄花冠起。

他株幸一簇，

傲吾三二一。

主人深以奇，

欢愉禁不止。

须臾新年至，

暂开三两枝。

待及瑞雪时，

摇曳为君姿。

2014.12.31

五言·元旦假期最后一天登金鸡岭

一四最后天，
爱女捉流感。
高烧头晕裂，
四肢痛且懒。
与友约唯爽，
昏睡跨大年。
艾艾两三日，
弱弱体又减。
为娘无他策，
唯有侍两边。

任天晴云淡，

只把远山念。

喜今儿烧退，

体力胃口还。

家务妥办后，

寒风急里赶。

幸及金鸡时，

尚余夕阳暖。

几日未徜徉，

枯枝亦欢颜。

西施并无迹，

只缘有情眼。

2015.1.3

七绝 · 虎皮兰花开有感

虎皮兰君闲定气，

十年花开终有时。

世人常怨韶光负，

半生冰心有谁知。

2015.2.20

七绝·忆昔

岁月如歌驹过隙，
相随心间有诗意。
回首蓦然三十载，
怎把今朝比昨日。

2015.3.2

正月十三一场蓄谋已久又终归昙花的济南的雪飞
遍各大媒体及朋友圈。雪无心而来又无情飘去，泉城
人炽热的情怀却感天动地。作七言为记。

七言·济南的雪

回望闰九甲午年，
泉城未见素裹天。
拳拳念念望穿意，
银装千回梦乡显。

忽而木羊春已至，
去冬牵挂依相思。
昨日满屏刷飞雪，
乃知圈中只传奇。

2015.3.4

2015 年 3 月最后两天，济南燥热难忍，气温飘升至 28 度。31 日黄昏起，久违的雨，裹挟着萧瑟如晚秋的乱风，滋润了久渴的大地万物，气温也骤降至三四度。一日冬夏两重天。赋七言记之。

七言·燥热　春雨　降温

木羊三月最后天，
燥热瑟缩一日间。
春雨绵绵本润物，
一夜忽如降九寒。

乍暖还寒难将息，
只愁肃秋黄昏时。
满目叶蕾花第开，
何处梧桐兼细雨。

2015.4.1

七言·春雨花落

又是绿肥红瘦时，
易安薄酒可消弭？
疏风依旧伴骤雨，
海棠无奈娇艳去。

落英最惹多情思，
独葬花去人笑痴。
而今纷扰踏花贱，
黛玉有知魂更失。

2015.4.3

七绝·咏舜园牡丹

暗香依依随风舞，
夜色花神愈销魂。
莫怨芳华泽邻远，
铁鞋无迹见洞天。

2015.4.17

七绝·惜落叶

肃风萧分斜雨泣，
惜别芳华魂入泥。
再及金风逢玉露，
君歌卿舞醉艳时。

2015.11.22

六言·除夕致诗

——祝所有亲朋好友新春快乐！

亲摘旭光一缕，

朋侣温暖如许。

好景年年岁岁，

友爱不知沉醉。

新福登堂入户，

春暖陪君伴吾。

快意拥抱今夕，

乐满二零一五。

2015.2.18

卜算子·除夕

除夕声声近，
　主妇急急忙。
闻道迎春花已放，
　青山独想望。

　年年岁相似，
　　月月光环随，
待到满眼飞柳杨，
　倦鸟归旧乡。

2015.2.17

虞美人·咏 2014 冬

尘笼霾罩几多日，
　晴天忽又度。
新月白云相约至，
　引闲情逸致玩转无数。

四九大寒雪无迹，
　斜阳映金柱。
素裹银装绕梦萦，
　直叫人冬耶春矣恍惚。

2015.1.30

醉花阴 · 咏春

去岁把野犹昨日，
　今春菜又绿。
　东风如约至，
　杨柳依依，
　流水独自去。

迎春花放已有时，
　青山寂寞无。
　他乡情亦系，
　倦鸟归栖，
　不知相思处。

2015.2.27

如梦令·忆春

迎春不恋柳杨，

梧桐携梦丁香。

最是细雨时，

朱润翠莹芬芳。

归乡，归乡，

燕叫声声断肠。

2015.9.1

鹊桥仙·处暑

骤雨狂风，

电闪雷鸣，

新月掩面慌匆。

银汉迢迢鹊才散，

末伏初秋又相逢。

天高云淡，

秋意阑珊，

蝉儿骤然噤声。

木羊款款恋七月，

薄衾不念三伏梦。

2015.8.24

醉花阴·夏祭

三伏四暑悄已过，
　光阴赶金梭。
　萤飞掠寒蝉，
　秋虫呢喃，
　梧桐叶自阔。

金鸡千转曲径默，
　鸟语绕花果。
　蜂蝶寒夜露，
　梦消香土，
　燕归待重说。

2015.8.26

浪淘沙·初秋

凭窗听雨骤，
　潇潇不住。
枝摇叶舞黄昏后。
绿羊初秋意当起，
　伏暑刚处。

秋风正欲试，
　蝉哑无迹。
昨日聒噪喋不息。
怎料酷暑欢娱少，
　落魄今夕。

2015.8.24

鹧鸪天·秋意

别伏拥秋只三日，

风起雨落罗衫薄。

天高不厌巧云淡，

月朗娇娆星渐稀。

　　蝉声喋，

　　蛐歌时，

临窗草丛听婉啼。

莲憔花悴藕自沃，

满湖碧波雁归期。

2015.8.26

醉花阴·咏秋

树下花间光影舞，

　远山嬉云絮。

　骄阳烈依旧，

　　褪却金羽，

　柔情映双目。

香茗丝竹伴闲书，

　不敌乡情故。

　伏去秋来早，

　　家中二老，

　起息安有度？

2015.8.27

卜算子 · 惜光阴

七月眉梢喜，
八月多奢侈。
懒散七夕又中元，
才惊光阴疾。

长假本长计，
雄心且恣意。
回望案牍书百卷，
慌匆开学至。

2015.8.28

醉花阴·开学

最是每年九月头，
　校园欢语稠。
故人迎新颜，
　忙里忙外，
南腔北调糅。

不辞千里送儿后，
　殷切频回首。
依依离别去，
　情长言迟，
叮咛挥泪眸。

2015.9.5

如梦令·教师节

又是九月之十，

秋风秋叶相依。

弹指三十余，

春秋已是而立。

去兮，去兮，

老骥尚志千里。

2015.9.10

水调歌头·师道

师道苦何有？

抚首问青天。

夏秋春往冬去，

几度视等闲。

岁岁年年相望，

尽瘁鞠躬不让，

只把汗水干。

不语凌云志，

挥幄指方间。

授其业，

解尔惑，

亦亲怜。

两厢久对，

谁保厮守永能安？

只是三尺坛上，

倜傥风流千广，

万世圣言传。

待到蚕丝尽，

却始话春妍。

2015.9.20

菩萨蛮·秋韵

谁言西风萧瑟意，
叶落飘零斜雨泣？
　青蓝碧云天，
　山陵揽日暖。

　不恋春靡丽，
　褪却伏暑炙。
　何处话衷曲？
　肥野硕果舞。

2015.9.12

后庭花·无眠

昨夜不敌薄酒欢，
　　曲歌向晚。
笙消箫默意阑珊，
　　辗转难眠。

晨鸟语婉迟帘卷，
　　眩目秋艳。
梧桐叶雍舞蹁跹，
　　和风不倦。

2015.9.13

蝶恋花·秋语

斜阳芳华依惜去，

　　新月如至，

　　柳眉娇羞蹙。

星光迟迟觅无处，

一弯橘红寂寞舞。

山陵脉脉温情诉，

　　黄昏却是，

　　绵延只无语。

草里丛外虫歌促，

鹊喃萤飞知归路。

2015.9.18

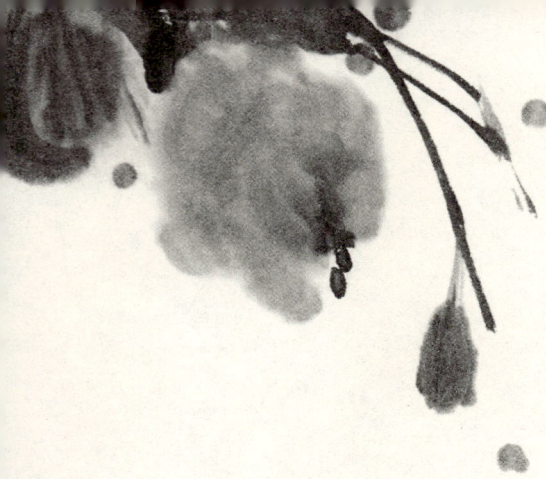

如梦令·乡愁

浓睡不消乡愁，

梦里千里回首。

多情八月时，

瓜果飘香田头。

记否，记否，

蛐歌萤舞君袖。

2015.9.19

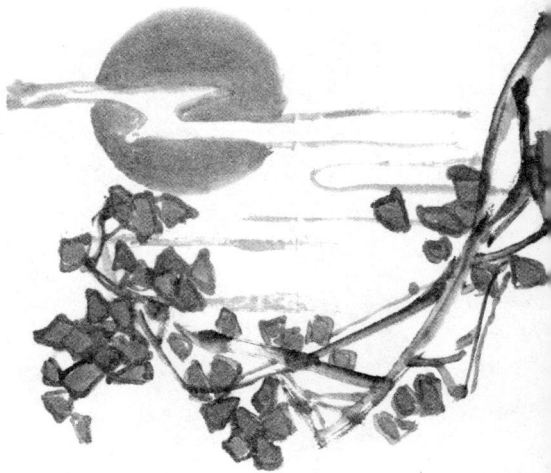

卜算子·秋阳

秋阳媲伏炙，

煌煌炫耀目。

晴空逶迤绕山岚，

万里衔云絮。

帘卷风情浓，

枝叶临窗舞。

乌啼鹊闹翁妪喜，

又闻婉儿语。

2015.9.19

虞美人·秋分

金风夜起罗衫透，
萤火舞君袖。
白露寒露千古缘，
怎奈冶艳秋分、相思难。

桂子痴人醉皎月，
香魂衣衿落。
朝夕两情终相齐，
那堪转身又是、各东西。

2015.9.23

青玉案·仲秋

中秋佳节才已过，
不相忘、广寒月。
千古相思与谁说？

彩云追处，

寂寞宫阙，

伊人踏桂落。

古来多情常离索，

千里缱绻梦乡裹。

何求朝暮两相悦？

星汉迢迢，

金玉难却，

天地恨寥廓。

2015.9.28

点绛唇·忆昔

如歌岁日，
春秋蓦然三十度。
圣殿古阙，
留芳华无数。

翠花亭阁，
情动诗书舞。
星不语，
梧桐衷曲，
任君天涯路。

2015.9.20

如梦令·金鸡岭

金鸡流连千度，

春风秋雨共舞。

最喜斜阳时，

曲径玩转金柱。

来去，来去，

花香不厌鸟语。

2015.8.31

辑

二

现代心语

多　想

多想
拉着你的手
奔向清晨的旷野
用朝露将秀发梳理

多想
伴在你的身边
投入幽深的丛林
聆听鸟儿的呢喃婉啼

多想

依偎着你的臂膀

用贪婪凄迷的目光

亲吻那映满夕阳的脸庞

多想

躺在你的怀里

触摸着夜风温柔的手指

把那爱的蜜意一点一点吮吸

2015.2.14

我爱你

我爱你，

在每一朵花开时，

当蜂蝶追逐着芬芳。

我爱你，

在每一株青草伸展时，

当羊儿偎依着碧浪。

我爱你，

在每一颗果实红艳时，

当鸟们贪恋着清香。

我爱你，

在每一片雪花起舞时，

当群山素裹着银装。

我爱你，

用我生命的丰盈与沧桑，

爱你。

2015.3.9

给婉婉

有一种淡定，
　叫婉婉。
任凭风吹雨打，
　她自不紧不慢。

有一种从容，
　叫婉婉。
就算十万火急，
　她自步信庭闲。

有一种娴静，
　叫婉婉。
尘世沸沸嚣嚣，
蝴蝶安然栖她肩。

有一种悠闲，

叫婉婉。

"Hurry，婉婉！"，

我从幼儿园催促到今天。

有一个女孩，

叫婉婉。

她不够勤奋也有许多缺点，

但她是我生命不可或缺的一半。

2015.6.24

我的梧桐树

爱一个人，

有时，没有理由。

爱一棵树，

从来不是，无缘无故。

千佛山脉，金鸡岭下，

环山路悠长的弯转处，

站立着，我一见倾心的

梧桐树。

我爱这棵梧桐树。

历经秋的萧瑟冬的严寒，

春风吹拂时，

依然是满目的枯枝与荒芜。

我爱这棵梧桐树。

忽如的一场斜风细雨，

便是那如梦如幻

芬芳的紫。

我爱这棵梧桐树。

没有叶的陪伴，

绽放的只是尽情绚烂，

无畏无惧。

我爱这棵梧桐树。

形单影只，却从未放弃。

用寂寞的芬芳与美丽，

等待那迟来的片片新绿，一年一度。

我爱这棵梧桐树，

连同树上那个孤独的鸟屋。

春来冬去，冬去春来，

枝枝叶叶守护着鸟儿梦乡的归宿。

我爱这棵梧桐树。

尽管不知她的前生，

也猜不出她的来世，

但今生，我们能够朝朝暮暮。

我爱这棵梧桐树。

尽管我终将会离她而去，

但此生此世，请接受我

温柔的关注，不变的情愫。

我爱这棵梧桐树。

她用春的芬芳，夏的丰沃，

秋的滴滴细雨，冬的枯靡，

陪伴我。

我的梧桐树。

2015.4.22

冬春之恋

枯枝，
藏匿起冬的
精灵，
一言不言。

春的生命，
在每一片渐次打开的
翠绿里，
舞动婉转。

归乡的鸟儿，
合奏着喧哗的狂欢，
淹没了乌鸦
聒噪的孤单。

桃花，

不及等叶的散淡，

傲艳绽放，

祭奠着冬的眷恋。

穿行，

在这熟悉的小径。

左脚踏寻着冬的思念，

右脚勾勒起明天的容颜。

在冷与暖的协奏间，

向前。

2015.3.28

丁 香

丁香

终究还是离开我

的窗前

开放在

不远的山岩间

傍晚

斜阳流连的

余暖

抚摸着初绽的

容颜

不散

掬一捧

洁白的芬芳

搂抱着盛开的思念

把花香留在

梦的枕上

醉入

远方

2015.3.30

三月的雨

三月的雨，

是一条华丽的锦缎，

装扮了多姿妩媚的春天。

三月的雨，

是一席醇厚的甘露，

甜润了焦渴的万物辽原。

三月的雨，

是一场久违的盛宴，

抚慰了孤寂荒凉的心田。

三月的雨，

是一份遥远的思念，

追随着千年固守的期盼。

三月的雨，

是爱人温存的手指，

擦拭去一路奔波的疲倦。

三月的雨，

是爱，是绵绵的情怀，

交响着生命的五彩缤纷。

三月的雨，

是天地的精灵，

如诗如魂……

2015.3.31 晚

春之歌

你是否曾经见过，

如烟似雾的春花，

当挂满晶莹的雨滴，

依然蝶翼般的轻盈美丽？

你是否曾经走过，

如梦似幻的小径，

在绵绵细雨之后，

那份难言的朦胧与神秘？

这是怎样的一份景致啊！

语言留下的只是苍白和无力，

我的诗行，

也乱了她的优雅与节律。

劳累与焦虑没了它们的余地，

尘世的喧嚣与浮躁隐遁起踪迹。

在这弥漫的流彩的芬芳里，

感受的只有心身的空灵与幸福。

2015.4.28

走过四月

四月从天空走过,
把煦阳与细雨飘下;

四月从山野走过,
把妖娆与缤纷洒下;

四月从林间走过,
把鸟语与花香留下;

四月从人间走过,
把温暖与希望播下。

四月从我的心中走过,
带走了最深情的诗句与寄托。

走过四月。

2015.5.1 凌晨

春夏之交

当春天，
隐遁起
她俏丽的容颜，
山间的小径，
蜿蜒着，
狭窄又幽暗。

当夏日，

翩翩来到

我们的跟前，

头上的天空，

低垂下他高远的眼睑，

亲切而明艳。

我的脚步啊，

却是越走越宽，

追赶着，

仰望远方的视线。

2015.5.7

谨以此诗献给我所有毕业和在学的学生，还有曾经的你我。

致毕业季

又是一个
阳光灿烂的五月，
充满着欢笑与收获的
季节。

又是一座
迎来送往的殿堂，
奏响着成就与祝贺的
礼歌。

又是一处
青春激扬的会场，
流彩着雄心与奋进的
畅想。

又是一个

梦想放飞的地方，

告别母校与师长，再次

起航。

又是一个

丁香芬芳的时节，

离别的哀愁弥漫着淡淡的

清香。

又是一年

难舍难分的毕业季，

鲜花与绿意留住了

一张张年轻的容颜，

还有，诉不尽的

牵挂和离伤。

2015.5.15

童　年

从前，

童年是无际的田野，蔚蓝的天。

而今，

童年是琳琅的玩具，

缭乱的商品和

无数的钢筋水泥铸就的满目的

大厦入云。

从前，

童年是放学后尽情的嬉闹，

撒野的追跑。

而今，

童年是背着沉重的书包，

从学校匆匆赶往各种

课堂与培训。

从前，

童年是春天的蝴蝶，夏天的知了，

秋天飞舞的落叶，冬天里欢乐的雪人，

皲裂的小手和一张张通红的小脸。

而今，

童年是苹果、网游、扣扣，是披萨、可口可乐，

还有远在天边却近在眼前的各种虚拟圈。

从前，

童年是村后那条奔腾不息的大河，

两岸树林里的鸟语和花香，

还有夏日里温暖的沙滩，流水中自由无惧的漂游。

而今，

童年是宽阔的柏油路，疾驶的汽车，

喧嚣的人流和热闹的游乐场。

从前，

童年是童年。

而今，

童年是淹没在富足里的眼花缭乱，

失落在那无处不在的殷殷期盼。

2015.6.1

六月八日的白云蓝天

也许，

是昨晚那场急切的雨，

描绘出如此美腻的

云图。

也许，

是连日漫卷焦躁的热风，

吹开了天空不胜其烦的

心扉。

也许，

是你我赤子不变的情怀，

舒展开了那紧锁的

眉头。

也许，

是我们不离不弃如初的忠诚，

拂去了那阴郁已久的尘埃，

终于笑脸相迎。

也许，

没有也许。

只是，

仰望着云舒云卷的蓝天，

我的心啊，

是怎样的满足和幸福！

2015.6.8

七月一日深夜只发了一组难得一见的月云图，说好的配诗因这两日四场会议及其他琐事而搁置，今补做之。

七月一日的夜空

这是仲夏时节的第一个月圆，
她任性嬉戏在星星彩云间。
那一坨坨层层相拥的云团，
在她华丽的雍容前，
瞬息诡谲万变。

这是一个千载难逢的夜晚，
当金星与木星相遇见。
那久远无奈的遥望和思念，
在月与云醉醺癫狂的迷藏间，
终于等来了刹那永恒的相伴。

这是又一次加班晚归的孤单，

踏着月色伴着舜河的潺潺，

见证了这场百年期盼的相逢与相恋。

那是星与星的心愿，

月与云的调玩，

宇宙温柔情怀的一闪，

带给诗人的，

是迎接不及的缭乱，

激情的狂欢。

2015.7.3

七月的金鸡岭（一）

期待中的雨遥不见踪迹，
只有远方的几声闷雷，
低沉依稀。

欢欣中的凉快迷失了方向，
只有我一身身的汗水，
挥洒豪爽。

山中的草木依旧芬芳，
只是繁茂的枝叶抵不过漫天酷暑，
蜷缩无语。

忙碌的蚂蚁目不斜视，
拖着蝴蝶的残翅急急火火，
一路霸气。

饥渴的山蚊更是张开鼻翼，

追赶着贪恋的气息，

不失时机。

我穿行在这熟悉的山径，

看看天空，嗅嗅花木，

把沸腾的脚步留在，那流连不去的宛转通幽处。

2015.7.16

七月的金鸡岭（二）

当我的小女友，

踏着假期的节拍欢快地奔回

牵肠挂肚的故里，

我又开始了那日复一日，孤单的行走。

还好，这里有我热爱熟悉的一切，

一切一如当初的味道与美好。

伴着知了执著的歌声和

鸟儿无休止的和鸣，

流连在最迷恋的山径，

我寻找着春天的芳踪。

枫树那如梦如幻般的花海，

转眼只留下，

一颗颗朴实的果核，

挂在那日见苍老的枝叶间。

痴情的蒲公英，

守着春风中扬起的花枝，

安详地等待那注定的别离，

仿佛还孤芳自赏洋洋得意。

春意里那妖娆妩媚的桃花，

早已不知了踪迹，

徒留那一树葱茏，

安抚着几颗瘦小的果实。

倒是那一路上的山枣树，

一边花开一边欢呼，

一颗颗密集如纽扣的果实，

像一张张绿盈盈的小脸，青春无敌。

我行走在这绿荫如幕的幽径，

走过春天，走进酷暑，

带着花香和泥土的气息，

走向那棵遗世独立的梧桐树。

2015.7.19

七月的光影

此时，

阳光刚好。

窗外的鸟儿和着知了，

叽喳又呢哝，

忙碌着美妙。

此刻，

风儿刚好。

漫过枝叶轻抚着窗纱，

翻开我的书卷，

轻舞着依恋。

此时此刻，

你我刚好。

七月的光影伴着闲暇，

煮一壶清茶，

回味着悠远的离合。

2015.7.23

七月的济南

今天，
依然是三十四五度的热恋，
我照例盘桓在陋室里的，
懒散。

看几页闲书，
读几首诗词，
与亲朋好友聊几句海北天南，
不忘刷一下别人眼里的风光无限。

天空，倒是脱去了
多日的阴沉，晴朗高远。
风儿，仿佛晾干了水分的羽毛，
轻柔地扑打着我的纱幔，
尽管热浪依然。

不觉之间，

七月走向了她的傍晚，

余晖的绚丽流彩着你我的光阴，

只是期待中的风雨，

能否打湿我们的思念？

2015.7.28

今夏的济南

天，

又阴沉了下来。

远方的雨意，

挥洒成窗外一树枝叶的阵阵叹息，

摇曳不止。

喜欢今夏的济南，

喜欢这样的天气，

喜欢这午后太阳的，

悄然离去，

不打一声招呼。

只有风儿，

挟裹着灰意阑珊的天空，

一如体贴的爱人，

送来一席安详和温柔，

无需叨扰请求。

就这样吧，

忘掉那些天涯与海角，

连同那华丽耀目的无际晴空。

这里有你迷恋的幽径，

多情的垂柳，

静谧温馨的午后。

2015.7.23

你好，假期！

扎上围裙，

我在厨房里转来转去。

从冰箱到水池，

从黄瓜到西红柿。

盯了半天存放一周的春玉米，

最后摸起一颗半新不旧的生菜球。

扎上围裙，

我把 Emily Dickinson 摊在沙发。

磕一个鸡蛋，

锅底便慢慢散开了一行诗句。

瞥一眼打在玻璃上的夕阳，

听一声知了无聊的单调，没完没了。

扎上围裙，

我穿上了一身的玫瑰。

带着一簇簇嫣红从厨房到餐厅，来来回回，

依稀久远的芬芳在腰间流转叹息。

隔着悠长的黄昏，慵懒的 Emily 伸了伸纤细的手指，

我知道，晚餐愉快！你好，假期！

2015.7.16

我要写诗

我要写诗!

这应该不是个惊心动魄的宣布。

但当我大声说出,

她的意义无法小觑。

我要写诗!

突然我就放下了所有包袱。

我开心地开始规划我的假期,

自从十多年前艰辛地成为一个 Ph.D。

我要写诗!

我便可以放弃那些论文与课题,

心安理得追逐我年少时的旋律,

徜徉在那些诡谲绚烂的天地。

我要写诗！

徒儿尽管拿去那一卷卷沉重晦涩的专著。

你们还年轻，未来必须努力，

只是别忘了给我留下那些"没用"的文字。

我要写诗！

我就可以心无愧疚地忘掉那些表格、设计和冗长的论述。

伴着我的华兹华斯或叶芝，

沉醉在昆德拉抑或马尔克斯编织的世界。

我要写诗！

终于我的生命有了崭新的开始。

那些模糊的记忆和遥远的未知，

在一行行诗句中优雅地挥手致意。

我要写诗！

儿时的幻想抚摸着那散落草丛里的精灵，

青春的激情找回了迷失的爱情，

我的灵魂啊，

终于在这人生的秋季，安放在了她的栖息之地。

2015.7.19

我的缪斯

曾几何时，

舜河岸边的这棵垂柳，

是我心中的缪斯，

每每叫我流连驻足，

深情注视。

从何开始，

环山路口的那棵梧桐树，

她遗世独立的风姿，

掠走了我的爱意，

连同枝叶间那个孤独的鸟屋。

我忘乎所以，雄心万丈地投入，

这场激扬的爱恋，

不曾反思也无心顾及。

那忧郁的花海刹那迷离了我的双眼，

　　宛如飘摇在深邃紫色的梦幻。

　　　　就这样，

　　我的缪斯被无辜地抛弃，

　　兀自在风雨中摇曳叹息。

　　她的发丝几时抽绿，

　　那含苞的花蕾何时成絮又飘飞，

　　　　我自不问不知。

　　　　一场急雨，

　　拥堵了舜河的水势，

　　浩浩荡荡引我到岸边徜徉。

　　在这夜的静谧，

　　站立着这一树浓密忧伤的柳枝，

　　　　我的缪斯……

　　　　　　　　　2015.7.22

我的牵念

每一种爱，

都是一份牵念。

每一个生命，

都不只是一次偶然。

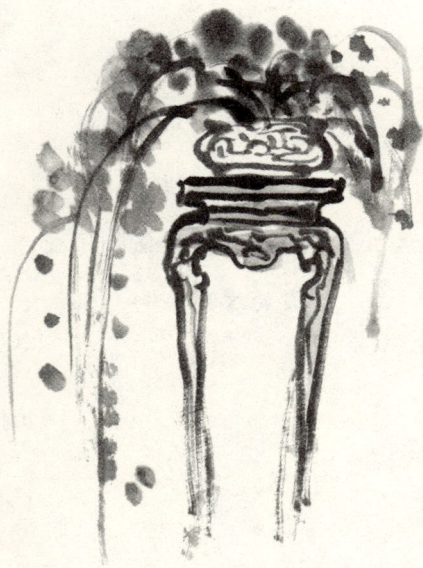

走来的，

是应该珍惜的情缘。

离去的，

终究会是时光的纪念。

无论是一棵沉默的金钱，

还是一株卑微的杂草，

抑或奔放激扬的四季梅和缠绵的吊兰，

都是爱的绵延，生命的必然。

于是，

它们成了我的喜悦，

轮回的牵绊，

是我转身远去时的思念。

2015.7.24

我梦中的小院

我一直想有个小院，
将喧嚣与浮躁隔在外头。
留住的，
是最初的梦想和
岁月的静好。

我一直想有个小院，
将悲伤与孤独埋掉。
留下的，
是皎月的情思和
阳光的欢笑。

我一直想有个小院，
将寒冷与酷暑挡在外面。
洒满的，
是春的芬芳和
秋的气爽天高。

我一直想有个小院，

衰老与疾病迷失了方向。

迎接的，

是明亮的眼睛和

青春的容貌。

我一直想有个小院，

丑陋与罪恶找不到入口。

相伴的，

是美丽的心灵和

永远的温暖。

我一直想有个小院，

贫穷与灾难已成久远的牵绊。

看见的，

是一幅幅祥和与富足的

人间画面。

我一直想有个小院，

植一棵丁香种一株海棠，

还有若干梦萦缠绵的木木草草。

嗅着泥土的气息，书的清香，

流连着，最纯粹悠然的简单。

2015.7.6

我一直想寻找

我一直想寻找，

在白与黑之间，

一种更为柔和的色调，

一如冬日洒满阳光的午后。

我一直想知道，

在夜与昼之间，

一种梦幻深邃的朦胧，

一如少女羞赧清远的眼眸。

我一直想明了，

在是与非之间，

一种无以澄清的言表，

一如春雨中烟雾袅袅的缭绕。

我一直想探讨，

在天与地之间，

一种亘古不变的遥远又相连，

一如一年四季不知倦怠的循环。

我一直想知晓，

在爱与恨之间，

一种欲说还休，欲剪还乱的恩怨，

一如黄昏时的梧桐兼得秋雨点滴不断。

我一直想了解，

在生与死之间，

一种息息相依的纠缠，

一如早春的柳枝轻抚冰冷坚硬的河岸。

我一直都期盼，

在人与人之间，

一种平等相敬坦然的相见，

一如白云掠过蓝天，不带一丝的欺瞒。

我一直问自己，

在我和你之间，

是怎样的一种纽带与缘分，将茫茫人海中的我们，

牵引，相遇相伴又或相分？

2015.7.9

无声告白

当四十度的酷暑，

在执念的疾风骤雨中，

终于低下高傲的头颅；

当疲惫的梧桐，

打起精神张开双臂，

终于抖落掉满目的尘埃与倦容；

当河岸的杨柳，

在滚滚夏雷中从昏沉里醒来，

伴着流水终于又翩然起舞；

当羞涩的无花果，

在突如其来的甘露中沐浴后，

终于露出甜蜜灿烂的笑脸；

当丝丝凉意，

穿过终于敞开的窗户，

温柔地抚摸我凌乱的发丝；

也许，

我该打开一本诗集，

而不是一气读完这本痛苦的，

《无声告白》。

2015.7.15

远　方

通常，

我们把风景留给远方，

一往情深于那虚幻的景象。

朝暮相伴的花开与花落，

徒留一地芬芳。

通常，

我们把思念留给远方。

迢迢星河流转着凄迷的诗行，

身后的流水旖旎款款，

只留柳枝两岸相望。

通常，

我们把爱情留在远方。

无望的相思描绘出最美的画像，

日夜的相守默默的相对，

只剩下满目的油盐醋酱。

经常，

我们把生活留在远方。

遥远的未来是心中的梦乡，

未知的世界是现实的理想，

幸福，应该在哪个地方？

2015.7.25

经　常

经常，

我们在追求的路上越走越远，

最后，

迷失在缥缈的目标里边。

经常，

我们在梦想的幻觉中越陷越深，

最后，

崩溃在现实的残酷面前。

经常，

我们在爱情的温柔中越来越迟钝，

最后，

断肠在相视里的冷漠木然。

经常，

我们在他乡越待越久，

最后，

故乡只是童年歌谣里的思念。

经常，

我们为生活为理想远离父母至亲，

最后，

他们凌乱的白发，苍老的背影，

成为我们挥不去的愧疚与乡愁。

经常，

我们陶醉于畅想那未知的远方，

在生命的最后，

我们终于明白，

这里，才是安放你我的梦乡。　　2015.7.30

一个人的路

一个人的路

有时

真的很孤独

很想

有一双温暖的手

相牵在前途迷茫时

一个人的旅行

有时

真的很无趣

很想

有个称心的伴侣

相随在风光无限时

一个人的生活

有时

真的很不易

很想

有副坚实的臂膀

相依在风雨飘摇时

一个人的夜晚

有时

真的很孤单

很想

有个温存的怀抱

相偎在肃秋严冬时

可是

仰望夜空

群星闪耀

星与星只是亘古的遥望

和永无交汇的思念

留给人间的却是最美的想象与

诗篇　　　　　　　2015.4.2

致奋斗中的母亲和千千万万
留守的孩子们

没有一个

母亲，舍得抛下，

年幼的儿女，

远去。

现实却是，

越来越多情不得已的分离，

折磨着无助的母子，

包括当年的

自己。

也许，

是为了心中的理想；

也许，更多是

无奈的现实，

我们把创伤留给

自己和深爱的子女。

假如，

再一次选择，

我们是留下，抑或是

依然的一次次泪流的

告别与相聚？

只是，这恐怕

还是个没头没绪的问题。

所以，

多少次的自问与自语，

念念不忘的梦想，

依然是成为一个单纯的家庭主妇，

全职。

2015.4.23

一样的，不一样的

一样的热浪，

不一样的景致。

那里，

是故乡的阳光耀目又绚烂；

这里，

是城市的阴霾遮蔽着双眼。

一样的白昼，

不一样的蓝天。

那里，

是故乡的白云绰约又蜿蜒；

这里，

是城市的高楼大厦摩擦着灰蒙蒙的天。

一样的星空，

不一样的夜晚。

那里，

是故乡的星河旖旎多璀璨；

这里，

是城市的华灯迷离又阑珊。

一样的相思，

不一样的厮守。

那里，

是故乡遥远的梦回千转；

这里，

是城市的紧密相依又流离之间。

一样的你我，

不一样的诉说。

那里，

是故乡儿时嬉闹的旷野无边；

这里，

是城市拼搏生息的路途漫漫。

一样的过去，

不一样的今天。

那里，

是我们心中永恒久远的思念；

这里，

是你我无法背离的家园。

2015.8.17

一种神奇

有时，我也倾向于认为，

在我和植物之间有一种无形无息的神奇。

像一股魔力，

在我咿呀学语蹒跚学步之初，

她便照进了那敏弱空柔的心智。

这种神奇，

是我口齿不清念念叨叨的那些

不知所云的婴儿自语，

是我跌跌撞撞成长的引力，

是令妈妈姐姐们措手不及、捧腹的呆痴。

这种神奇，

是儿时田野里一棵棵嫩绿的青草，

是放学后春天里繁星般的野菜，

是桃杏梨豆各类瓜果的一株株幼苗，
是白雪覆盖的若隐若现的麦苗的羞娇。

这种神奇，

是燕子归来时的枝头，

是雨滴敲打的莲荷，是雪压的松柏，

是我童年身后拖曳的串串秋叶，

飞舞的尘土掩不住一路的笑声咯咯。

这种神奇，

是垂柳的旖旎依依，

是青山含绿的近拥远送，

是青春年少时铺展在书页里那片片

枫叶的羞赧嫣红。

这种神奇，

是当年校园里四月紫藤芬芳的浓烈，

是丁香的幽婉清远，

是玉兰遗世独立的超然，

是十月桂花闪烁游离的一个个迷醉的夜晚。

这种神奇，

从摇篮到我生命的秋天，

一路跟随一路风尘，

是幸福快乐时的笑颜连连，

是哀伤孤单时温存的陪伴，不带一丝的厌烦。

这种神奇，

是我手里几十米蜿蜒的绿萝藤蔓，

是身卑位贱却叶沃腰直的落地生根，

是热情激扬的四季梅，

是那盆十几年不离不弃默默无言的虎皮兰。

这种神奇，

是爱，

是赤子的情怀，

是一个个华美的音符，

演奏着生命之歌的绚烂绵延。

2015.8.19

忆七夕

儿时，

七夕是个美丽凄婉的传说，

是想象穿越夜空，与繁星耳语的时节，

是期待已久饱享美味的日子。

"牛郎织女喜鹊，狠心的玉帝王母娘娘……"

每一次妈妈都如此开始，

每一次仿佛在诉说着崭新的故事，

每一次都精心制作各种点心巧果，藉着仪式寄托她

固守的情思。

每一次，

仰望七夕的星空，

只看见闪闪烁烁，浩渺无际的一条寂寞长河，

总不见期盼的喜鹊忙碌的芳踪。

看看西岸的牛郎，

一年一年肩挑着儿女一双，

等待那七彩的鹊桥，

片刻不敢耽搁。

东岸的织女啊，

每一次我都小心寻找，

只怕银梭云裳遮蔽了那孤单的倩影，

徒留情郎儿女隔岸悲伤。

而今，七夕真的成了传说，

成了儿时梦乡中一首哀伤的歌，

连同那璀璨的星河，两岸遥望的星座，

一起淹没在无尽的华丽与喧嚣的狂欢中的辉煌灯火。

2015.8.20

秋　意

秋意

乘着久违的雨丝

穿过窗纱

悄悄地投入

我热情的怀抱

夜幕

是最美的盖头

轻柔地触摸着

秋的娇羞

任风儿玩转飘摇

2015.8.22

夜色里九月的月季花

当牡丹

在四月的斜风细雨中

恬淡地

褪掉那绝世的芳华；

当丁香

幽婉的清香

消散在五月温馨浪漫的

梦乡；

当六月梧桐的

阔叶

掩埋了花的芬芳

兀自丰沃；

当七月八月的紫薇与莲荷

灿烂了漫天的酷暑

却在初秋摇曳的芳踪前

羞赧，隐遁逃逸；

当夏日终于成为回忆

这沉默无闻的月季

在九月的夜里，绚烂得诡谲迷离，

依然无声无息。

2015.9.7

秋　思

当红颜渐次跃上秋的枝头，
　　当鸟儿叽喳着打理起行装；

当枯草在山野荒径边蔓延舞蹈，
　　当蟋蟀凄怨着生命的残歌；

当一弯柳眉斜睨着寂寞的黄昏，
　　当山陵蜿蜒着绵长孤单的梦境；

当你我模糊了思念望穿的眼神，
　　　　遥远的星河啊，
早已不见了她旖旎曼妙的身影。

2015.10.17

暮秋的垂柳

当白昼的脚步越来越短促，

疏散的晚霞，

不敌寒风的纠缠，仓皇逃遁；

当夜空的眼眸越来越深远，

星河收起了她璀璨的衣衿；

当九月的银盘，无力看顾，

渐渐失却，那娇艳的圆润；

当落叶，飘荡着，

翻卷着，追寻春的精魂；

当蟋蟀的绝唱，

终于消匿于枯草芳尘；

当麻雀忘记了昔日的欢闹，

专心着丰满起羽毛一身；

当花儿瑟缩着，

瘦弱的身躯，孤影低吟；

当枫树华丽的锦裳，

慢慢褪去那迷离的红晕；

当山岚的歌声，

伴着寂静的山陵越来越缥缈消沉；

当我迷茫在这晚秋的岁月，

凌乱的思绪萧瑟放任；

舜园的垂柳，

依偎着，清冷的流水，

一如初春。

那多情的长发，

浓郁着，摇曳在暮秋的清晨和黄昏，

守着河岸的喧嚣与宁静，凝望着，

把那生命的恋曲，舞尽。

2015.10.30

秋冬之恋（一）

期待一秋的雨，

终于惊醒了落叶的芳魂，

在深夜里游走徘徊。

肃风中的滴答，

是末秋的衰曲，

在相思的梦里欣然起舞。

那冷落的情郎，

在冬的岸上，张望，

离别后的新娘，是否改变了模样？

2015.11.5

秋冬之恋（二）

当秋在这里，

遥望，

远方的情郎。

绵长的雨，

从昨夜到今宵，

把那一秋的相思，

念叨。

当冬在那里，

等待，

记忆中的新娘。

萧瑟的风，

从睡梦到梦醒，

把那冰封的心扉，

打开。

当满目的落叶，

飘零，

在这凄风冷雨中，

你是否哀愁，

那错失的岁月与相守？

2015.11.6

秋冬之恋（三）

当秋带着绚烂的妆容，

款款走向她朝思暮想的情郎；

当冬张开寂寞的怀抱，

深情迎接他魂牵梦萦的新娘；

缠绵的风雨，

舒展开缥缈的雾霭，

环绕着叶铺花簇的婚床。

这漫长的思念啊，

穿越春天缤纷冶艳的温柔，

度过三伏酷暑的蒸腾，

携着岁月沉甸甸的嫁妆，

一路风尘一路吟唱，

终于在这雨歌风舞中，

披上了那五彩华丽的锦裳。

2015.11.8

冬恋之枫叶（一）

当秋缠绵着，

不舍那一身的锦裳；

我的脚步，

欢快着，

起舞在这初冬的，

一地芬芳。

2015.11.13

冬恋之枫叶（二）

真的，

冬天已经来临，

在这北方的城。

校园，

依偎着静穆的山岭，

瑟缩过一场冷雨与朔风。

真的，

我曾莫名地哀愁，

以一腔寂寥的悲怀。

哀愁，

在那阴郁的午后，

颤抖于满目落叶的飘零。

真的，

谁不会消沉，

当严冬横扫无际的阴云？

可是，

这明艳绚烂的初冬啊，

绽放的是生命最美的华彩与柔情。

2015.11.14

冬恋之枫叶（三）

这是冬啊，

这是秋啊！

这是五彩的斑斓，

缤纷的温婉。

这是历尽沧桑的丰盈，

千帆阅尽的从容。

这是生命最华丽的乐章，

这是灵魂最动人的诗行。

拥抱，凝望，徘徊，

谁还向往春的锦裳？

2015.11.15

别　离

也许，

经常在春天，

亲吻故乡的花开。

梦乡中的家园，

总是温暖多彩。

也许，

经常在金秋，

告别亲人远行。

鼓鼓的行囊，

是卸不下的乡愁。

也许，

从生命开始，

父母总是坚实有力。

记忆中的他们，

是挺拔的后盾，不变的基石。

也许，

太多的相聚，

总看见妈妈不停地忙碌。

一年又一年，

忽视了她蹒跚的步履。

也许，

从小到大，

习惯了寡言严厉的爸爸。

而今怎堪直视那颤巍瘦弱，

满眼慈祥与期盼，年迈的他！

也许，

数不清的假期，

总是充满欢声与笑语。

从几时起，

风中凌乱的华发，打湿了我的别离。

也许，

相见总是要离别。

回过头，

瞥一眼门旁的两棵垂柳，

最后。

2015.10.6

不回头

时光总是匆匆，

不回头。

转身的，只有你我不变的赤诚。

记忆有浅或深，

不思量。

难忘的，只是当初断肠的远行。

甜梦总是易醒，

不再续。

留下的，是那萦绕不去的深情。

厮守最难终生，

不强求。

不厌的，永是金风玉露的相逢。

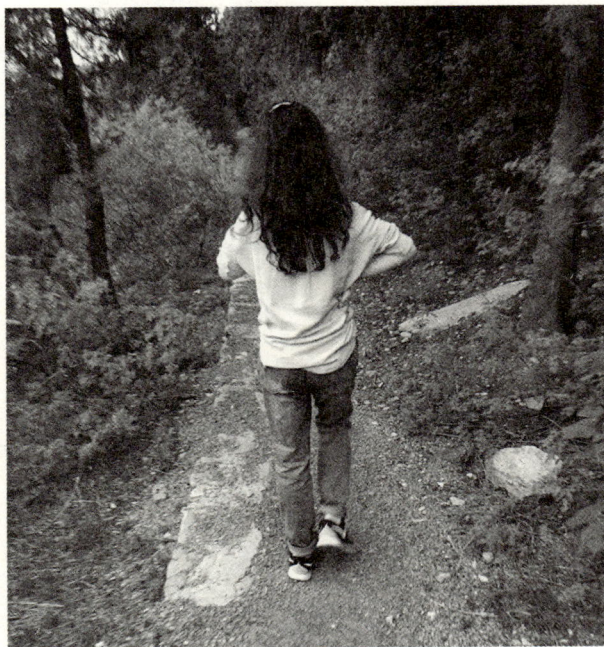

爱情地久天长，

不追究。

不老的，唯有琴瑟依依的和声。

与君浪迹四方，

难成全。

不祈今世，许愿来生。

2015.10.7

小　雪

我们在翘盼，

乙未的第一片雪飘。

从昨日到今朝，

朔风裹着冷雨，

把一扇扇窗户骚扰。

满目的枝头，

早不再繁茂，

只是不肯，

停歇那七彩的舞蹈。

一地的落叶，

是飘零的芳魂，

摇曳叹息，

把那冬的香冢寻找。

站在节气的门口，

是叩拜还是回首？

听听风雨，

远山只是雾霭缥缈。

2015.11.22

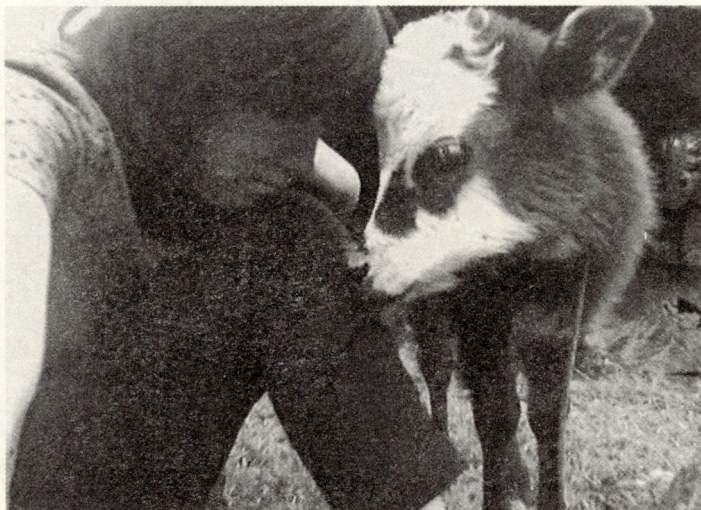

告　别

一直在等待

心中的那片晴空

还有那一抹

绚烂的云彩

一直在守候

梦乡中的那袭洁白

还有那份

千回百转的温柔

一直在思念

儿时春天般的味道

和那洒满阳光

单纯的美好

一直在寻找

一种告别的美妙

轻轻地挥手

那诉不尽的离骚

2015.12.31

辑 三

英语诉说

I Told Myself

I

told

myself

that I don't

really

care if to be

around

or left behind

I

told

you

that I'd be

okay

If you

stay

or turn me away

It

but turned out that

too much

loneliness

resulted in

only

intolerable

annoyance.

2015.3.27

I Do Want

I do want

to have a sound sleep

But the stars tend not

to stop

glaring like silvery light

filling the heart with wild excitement

The mind looking forward

to a new outbreak

for whatever a fulfillment

of a day or night

or a sound sleep.

2015.3.26 (deep night)

One Person

One
person does
sometimes feel
very helpless

Yet

my dear

friend do you

ever once think

Of

the soon

results of

being alone

Or

being

surrounded

by noisy crowds?

2015.3.27 (early morning)

I Wandered Lonely in the Forest

I wandered lonely in the forest,

Encountering a cat wandering by sunset.

The two wanderers stared in silence,

Trying to infer something in hopefulness.

In vain, the black cautious cat left first,

The curious lady followed the next.

Heading towards each other's way ahead,

They left that unfinished commune behind.

Someday when looking back at the incidence,

What would the two remember of the inference?

Many changes must have shaped the forest,

The only unchanged maybe the moments of sunset.

2015.3.6

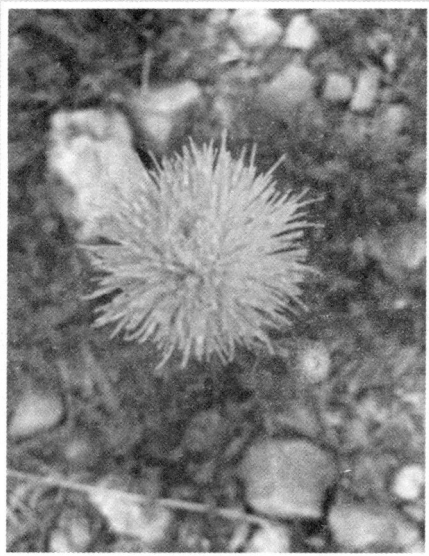

I Wandered Aimlessly in the Moonlight

I wandered aimlessly in the moonlight,
Breathing the luxurious clearness of the night.
Looking around the moon-blanched ground,
My heart flew high up into the cloud.

Suddenly came a whispering of the trees,
'Cause of the stirring of the night breeze.
I stopped silently under a nest of the sleeping bird,
In hope the residents' dream not to be disturbed.

Returned I in the bask of the white hunter,
With a refreshed mind richer and softer.
Closing the window I cast a glimpse of the moonlight,
Buried myself in the shelter of the sweet night.

2015.3.6

In a Time of Noisily Material Hunting

In a time of noisily material hunting,

The following of poetry is something wearing.

Even my intimate daughter,

The mentioning of a Yeats Butler,

Invites her immediate " Oh, no, uninteresting!"

Regretfully I turn myself to the book,

Having with it many a silent one-way talk.

In spite of the changes of the time,

Linger intoxicatedly in the glamorous realm,

Chatting with the great minds like in a bask.

2015.3.6

You Asked Me from Time to Time

You asked me from time to time,

What did I really wanna be?

I wondered myself many a time,

But the fact is that It is still in quest.

You wondered again and once again,

What did I actually wanna have?

I asked myself many a day and night,

But the answer is that It is still in doubt.

You cared much about my being merry or not,

I attached, too, much importance

To my spiritual state,

But the truth is that It is still a question troubled.

You hoped extremely I would

Have a truly good life,

I looked forward eagerly to a brilliant future, myself,

But the reality is that everything is possible but

Nothing can be guaranteed.

2015.5.22

Work, Working, Work

Work,

Working;

Working,

Work

The tick-tock

of the clock

sounds

never to stop;

The rosy reddishness

of youth

is to be buried

beneath

the dust.

The clouds

are floating away

without any trace;

The birds

have flown across

many

vales and trees,

tired,

with no complaints.

We see

singing rivers

winding

ahead

on and on

casting

not a single glimpse back.

2015.3.26 (afternoon)

What and That

What is That

That is What

What should be which That

That should be which What

What is What

That is That

What is whose What

That is whose That

You care What's What and That's That

You want your What and your That

You are satisfied with

Whatever satisfy What You want

Nothing could stop one's step for What

Nor his crazy lust for That

Even many a year has gone past

The fact keeps that all hasn't been ever contained

Alas, Let the past be past

Let What go to What, That to That

Save me, my Lord, from being mad

Send me to my Merry Land, dreaming, undisturbed.

辑三　英语诉说

It Rains

It

rains

in the last day

of March Spring.

Shining

jades

the buds of

leaves.

Drops

of flakes

of the fragile

flowers.

Tears

from the heart

of a delicate

maid.

2015.3.31

Song of April

April days,

April rain.

You make us happy,

Make us gay.

We love you much,

Love you so.

We feel cold,

and sometimes

blue though.

We just can't stop loving,

April so.

(repeat)

2015.4.28

Song of Night

Through the window blows in a gentle breeze,

Trembling the candle as it is.

Hold up a cup of spirits,

Swallowing down with bitter tears.

Come on, my dear, cheers,

Don't let the night a waste of times.

Looking up at the sky the stars,

A silent wish whispering in the trees.

Suddenly come the storms,

How can the small birds survive the rains?

The weeping heart filled with tenderness,

But cannot be comforted by remote solace.

Tell myself all will be passed,

The falling tears however refuse to be stopped.

2003.9

To Mother's Day

Today is Mother's Day,
I sent mom my greeting and missing
The early morning.

Today is our own Day,
Happiness and satisfaction fill
To the bottom of our bosom.

Today is a day of gratitude,
Fragrance and good wishes fly
From blossom to blossom.

Today is a day of love,
The earth and sky witness the loving
Between mother and kids.

2015.5.10

To the Heavily Scheduled Day

Tea or coffee? Which

seems totally not a question.

But in the rush

of an early morning,

We do lose

the chance

of our choosing.

2015.4.21

走过四月　亦安诗词选集

Hello to My New Class

Again comes the month of September,

The One of beginning and harvesting.

We see lots of smiling faces, shining,

We hear here and there many a laughter.

Again I enter the classroom, different though,

Which is as friendly as one of my old friends.

Standing happily before my new students,

I'm very glad to say to all my dears "hello".

Again we both are faced with a new each other,

But we will be definitely united by literature.

I do hope here a realm of spiritual share,

We highly enjoy teaching and learning together.

2015.9.6

图书在版编目（CIP）数据

走过四月 ：亦安诗词选集 ／ 亦安著．-- 济南 ：山东
人民出版社，2016.3

ISBN 978-7-209-09337-8

Ⅰ．①走… Ⅱ．①亦… Ⅲ．①诗词-作品集-中国-
当代 Ⅳ．①I227

中国版本图书馆CIP数据核字(2016)第057010号

走过四月
—— 亦安诗词选集
亦安 著

主管部门　山东出版传媒股份有限公司
出版发行　山东人民出版社
社　　址　济南市胜利大街39号
邮　　编　250001
电　　话　总编室（0531）82098914
　　　　　市场部（0531）82098027
网　　址　http://www.sd-book.com.cn
印　　装　青岛国彩印刷有限公司
经　　销　新华书店

规　　格　32开（140mm×210mm）
印　　张　6.375
字　　数　300千字
版　　次　2016年3月第1版
印　　次　2016年3月第1次
ISBN 978-7-209-09337-8
定　　价　36.00元
　　　　　如有印装质量问题，请与出版社总编室联系调换。